a arte da automutilação

a arte da automutilação
felipe lion

Copyright © 2013 by Felipe Lion

Direitos reservados e protegidos pela Lei 9.610 de 19.02.98.
É proibida a reprodução total ou parcial sem autorização,
por escrito, da editora.

Dados Internacionais de Catalogação na Publicação (CIP)
(Câmara Brasileira do Livro, SP, Brasil)

Lion, Felipe
    A Arte da Automutilação / Felipe Lion. –
Cotia, SP: Ateliê Editorial, 2013.

ISBN 978-85-7480-642-6

1. Poesia brasileira   I. Título.

12-12071   CDD-869.91

Índices para catálogo sistemático:
1. Poesia: Literatura brasileira   869.91

Direitos reservados à
Ateliê Editorial
Estrada da Aldeia de Carapicuíba, 897
06709-300 – Granja Viana – Cotia (SP)
Telefax: (11) 4612-9666
www.atelie.com.br / contato@atelie.com.br

Foi feito o depósito legal
Printed in Brazil
2013

para sumail, com amor

in memoriam

sumário

sobre o livro

13 .... sobre o livro

cacos de vida – heitor ferraz mello

15 .... cacos de vida

prólogo

21 .... prólogo

um – a arte da automutilação e outros

24 .... a arte da automutilação
26 .... eu, sancho pança
27 .... espinhos dentro de mim
28 .... outro poema sobre o vento
30 .... deus e o vazio
32 ..... o descompasso
34 .... esperando junot
35 .... controle
36 .... figos frescos
37 .... às vezes, morangos mofados
38 .... despedaços
40 .... latitude
41 .... as sombras
42 .... é hora de molhar as palavras
44 .... credos
45 .... o prisioneiro
46 .... vírus
47 .... a paz

dois – intempestades e outros

50 .... intempestades
51 .... um dia, cedo ou tarde
52 .... gravidade
54 .... ácido
55 .... cabal
56 .... prometa
57 .... a menina dentro do cão
58 .... pequeno poema, triste e erótico
59 .... ausência
60 .... poema sem pele
61 .... poema com gordura
62 .... carbono
63 .... atrito
64 .... entre o cinza e o deserto
65 .... zeppelin
66 .... recordar é tramar
68 .... a noite em que invadi marte
69 .... calmaria
70 .... a mulher líquida
71 .... corporal
72 .... pé na areia
74 .... preguiça
75 .... doce de menta

três – mulheres que não amam sapatos e outros

78 .... mulheres que não amam sapatos
79 .... o problema com as coisas
80 .... sobre velas, algas e vagalumes
81 .... o homem que ouvia sereias
82 .... mares de saturno
83 .... o devorador de borboletas
84 .... o crocodilo azul
86 .... escalpo
87 .... ferdinando e o hospedeiro
88 .... pássaros dodecafônicos
89 .... banho de sangue
90 .... eu e meus sonhos

92 .... passional
93 .... a paz submersa
94 .... kung fu ballantines

inventário

96 .... inventário

agradecimentos

101 .... agradecimentos

sobre o livro

Este trabalho reúne alguns poemas finalizados entre 2008 e 2012. Além de seu *prólogo* e de uma espécie de epílogo, o qual chamo *inventário*, o livro se desdobra em três, dividos, não por datas, mas por uma certa unidade, ainda que nem sempre fácil de perceber, de tema, emoção e estilo. Muito tarde percebi várias incorreções na execução dessa divisão. Troquei as bolas várias vezes... Mas aí já havia abandonado a obra à sua própria sorte. O livro *um* trata mais da alma e, talvez por isso, seja mais angustiado, exasperado. O livro *dois* fala mais de amor e oscila entre uma certa crueza sensual e o romantismo lírico. O *três* fala de tudo isso e de outras coisas, só que de uma forma mais divertida, com uma pitada de realismo fantástico (ou *maravilhoso,* como queria *Carpentier*). Aliás, uso da narrativa fantástica aqui e ali em todo o livro, mas nessa parte ela sobressai um pouco mais.

Bom... faz muito tempo que não publico poemas. Espero que esse livro seja um retorno e não uma nova despedida.

cacos de vida

Alguns tópicos reaparecem, com certa regularidade, nos poemas de Felipe Lion. O principal parece ser o que dá título ao seu conjunto: a automutilação. Claro que o termo, violento por si só, não aparece sozinho na capa deste livro, vem acompanhado do substantivo "arte". Não querendo forçar uma leitura unidirecional, mas é como se seus poemas procurassem dar unidade ao fragmentado. Coesão e forma à cisão e ao informe. Em outras palavras, como se a vida nos entregasse pedaços de existência que pedem, posteriormente, uma reflexão que seja capaz de reunir imaginariamente essas partes dispersas ao longo de cada trajetória.

E esta matéria, que parece presidir os poemas reunidos neste livro, completa seu arco nas três seções que organizam os poemas de Felipe. Basta citar as duas pontas de sua arte: o poema "a arte da automutilação" e o último e mais longo poema "inventário". Se no primeiro há uma espécie de desmembramento do corpo, num poema em que o humor também abre seu rosto cutucando o leitor, no último, esse arco se fecha, com um "inventário" de amizades, seus destinos dispersos – entre o trágico e cômico – acabam, se reunindo nas treze estrofes (contando o dístico final "talvez, eu esteja vivo/ você, com certeza, está"). No miolo desse arco, além do cotidiano transfigurado em imagens pelo poeta, também temos a parte dedicada ao encontro amoroso, no qual o sexo entra – às vezes obsessivamente – como a solda do desmembramento físico, da atomização dos sentidos.

Em torno desse tema, Felipe vai tecendo sua poesia, onde há sempre este jogo entre a dissolução e a reunião. Em "outro poema sobre o vento", ele nos diz: "às vezes me percebo feito de areia/ e compreendo que me desfaço pouco a pouco/ a cada brisa, a cada vento, a cada golpe de ar/ incapaz de qualquer reação/ minha presença se dissolve gradativamente/ criando um novo vazio, onde, antes, havia uma fração de eu". Quando o poeta está se sentindo quase um ser abstrato, ele procura se agarrar ao mundo afetivo que o cerca como forma de manter a inteireza do eu que se dissolve: "então me apego aos outros/ troco minha amizade e o meu amor por suas lembranças/ e a cada beijo bem dado imagino poder ganhar/ um segundo, aqui e ali, na memória de alguém/ a cada favor feito, a cada generosidade,/ um afeto que durará alguns meses. anos, talvez".

Outro poema que trabalha este tema é "despedaços", no qual o próprio título já se lança no jogo ambíguo do poeta, entre a fragmentação e a reunião. O poema começa com dois versos cuja fatura, certamente, vem da canção popular (basta lembrar de "Pedaço de mim", de Chico Buarque): "pedaços de mim, despedaços de mim/ pelos cantos, pelas horas, dias, anos...", ou ainda "pedaços de mim, partes desapartadas de mim". Diante da fragmentação, o poeta procura se reunir na memória dos outros, como ele mesmo dirá: "pedaços, despedaços de mim/ em teus olhos, em teu coração/ contaminados com meus fragmentos/ impregnados, sem remédio, com minha memória/ deixo-me ficar em teu corpo e em tua alma/ adormecido, por toda a tua vida".

Há certamente muitos outros aspectos a serem comentados sobre a poesia do Felipe, mas isso deixo para o leitor. No entanto, há duas observações ainda a fazer sobre o poeta e essa coletânea. A primeira diz respeito ao verso muitas vezes alongado, ou musicalmente salmódico de seus poemas. Podem vir de uma formação religiosa por um lado (deus, mas não um deus todo poderoso, mas um deus também contrabalançado pelo humor, aparece aqui e ali, ao longo do livro, mas convivendo com um universo cotidiano, dos amores, das bebidas, do consumo etc.). Lembram, às vezes, apesar da musicalidade mais seca, os poemas do penumbrista Augusto Frederico Schmidt. No entanto, os poemas parecem que devem este ritmo interno muito mais à música, principalmente ao rock dos anos 80, mais puxado para a balada, cujas letras eram guiadas pela repetição da melodia, com estrofes bem claras e definidas.

Lembrar esta última relação não é algo aleatório, já que Felipe, desde a adolescência, tem uma ligação forte com o rock. Tanto é que pertence à banda Merlim, um sonho que veio acalentando durante anos. E aqui entra um pouco de inconfidência deste apresentador nada neutro. E esta é a segunda observação que gostaria de fazer. Não é uma observação crítica, mas sim afetiva, já que o livro nos permite essa liberdade. Conheci Felipe em 1976, quando ele tinha acabado de chegar do Rio de Janeiro. Sei que foi no primeiro dia de aula de um colégio estadual na Vila Mariana, numa daquelas salas escuras, de carteiras grudadas, cheias de alunos, de rostos espinhentos e sorridentes e que eram obrigados a assistir aulas de Educação Moral e Cívica com alguma esposa de militar. Com seu sotaque, logo recebeu o apelido de Carioca.

E era poeta. Formamos um pequeno grupo, eu, ele, Leandro, Grego e Germaninho. Nossa paixão, naquele momento, era o futebol de botão, que consumia quase todos os nossos finais de semana. Quando fomos chegando à adolescência propriamente dita, Felipe, Leandro e Germaninho começaram a ouvir muito rock e a tocar violão e guitarra. Certamente sonhavam com os palcos e o ruído violento dos solos de guitarra. Me lembro de pelo menos um: o pátio da Escola Estadual Maestro Fabiano Lozano, onde estudávamos. Também me lembro de um ensaio no último andar do meu prédio, num playground que havia lá no alto, talvez uma versão bairrista do famoso show dos Beatles, em Londres.

As lembranças, obviamente, são muitas. E já não fazem parte deste livro de Felipe – talvez façam, no futuro, de um outro livro, já que ele considera "A arte da Automutilação" um recomeço. Assim como ele, também muitas vezes me sinto disperso numa tempestade de memória difícil de conter e de reunir, mesmo que seja na fragilidade de uma folha impressa.

Heitor Ferraz Mello

prólogo

quem ouve? quem me ouve? quem lê? quem me lê? quem olha? quem me vê? pra onde vou? no que penetro?

um
a arte da automutilação e outros

a arte da automutilação

como em geral acontece com todas as coisas
isso também começou aos poucos
um veneno inoculado sabe-se lá por quem ou o quê
que foi tomando meu corpo por inteiro
enchendo-o desse desejo inconcebível

e não é que eu tenha como defender-me. aliás, nem quero!
não sinto nenhuma vontade. não tenho nenhuma energia
tudo o que eu podia fazer já fiz
logo quando me percebi sendo tomado
não, na verdade não. nada fiz

recordo-me, porém
que no princípio tentava ao menos esconder as cicatrizes
e quantas vezes devo ter parecido ridículo
andando sempre de braços e pernas cobertos
mesmo em dias de calor

mas, depois de um tempo, isso não é suficiente
veja, você começa cortando um dedo
aí, para que ninguém repare e pergunte
você o põe de volta com alguma cola ou costura
um anel grosso e tudo está resolvido

e você percebe que, ao contrário do esperado
não se morre e nem se adoece por isso
é estranho, mas você se acostuma
então você tenta os outros dedos
das mãos, dos pés. depois... as orelhas!

é fácil esconder o buraco onde ficava uma orelha!
fácil. se você não for careca
e para órbitas vazias nada melhor do que óculos escuros
mas aí você quer ir mais longe
e braços e pernas são difíceis de colar

nessa fase, como em qualquer hobby, gasta-se muito!
bisturis, facas para sashimi, cola cirúrgica...
você aprimora seu corte, torna-se um esnobe
ou um artista, como queira...

o duro é a incompreensão das pessoas
é ter de manter em segredo o seu trabalho
não poder exibir o talho limpo, quase sem sangue
a cicatriz rósea, retilínea, perfeita
o modo profissional como se costura a pele
ou se afasta o músculo para retirar um osso

é uma arte secreta e é muito triste ter de ser assim
ter de se viver nessa mentira. fingir ser como os outros
esses... que andam por aí inteiros
e não como nós, que nos carregamos em partes
nós! que valorizamos cada pedaço de nosso corpo
e lhes damos a merecida identidade

eu, sancho pança

tenho pena de quem nunca tentou algo impossível
um sonho, uma paixão, um projeto
de quem nunca levantou uma bandeira solitária
e a viu murchar, em meio à calmaria e indiferença
daqueles que nada querem arriscar e nada têm a oferecer

tenho pena dos que nunca se alistaram na armata brancaleone
daqueles que nunca foram chamados de quixote
daqueles que não arriscaram tudo por uma helena
dos que não foram crucificados por sonhar ser deus
dos miseráveis que não entendem a coragem de um gandhi, de um mandela

lamento todos os dias pelos sábios e pelos espertos
pelos que nunca se iludiram, nunca se enganaram
por aqueles que nunca ouviram: *eu te avisei*
ou que nunca foram ridicularizados pelas costas
pelos que nunca perderam tudo ou enfrentaram a solidão crua da derrota

quanto a mim? eu sou sancho pança!
fiel escudeiro de dom quixote
lustro suas ferramentas de guerra e dou de comer e beber ao seu cavalo
e mesmo sem acreditar em seus sonhos e delírios
sigo meu mestre, por amor e devoção

ou... talvez não seja assim, afinal
talvez eu o siga apenas por mim
para me salvar

espinhos dentro de mim

eu trago espinhos dentro de mim
rosa invertida e deformada
por fora a seiva corre contaminada
por dentro pétalas já se abrem murchas

raízes que se movem em direção de minha alma
no caminho apertam meu coração. esmagam-no!
não, não sinto o vento em minhas folhas escondidas
nem gozo da chuva que escorre nas entranhas expostas

tenho sede, tenho fome, mas tudo é claro e perfeito
sei que o sol está lá fora e a tudo ilumina
e eu existo, apesar de tudo que contemplo
e eu existo, apesar de oculto em silêncio

sei também que, um dia, algum pássaro ou larva
irá ferir meu caule torto
o que me encherá de ar e de luz
até ser, simplesmente, insuportável

outro poema sobre o vento

às vezes me percebo feito de areia
e compreendo que me desfaço pouco a pouco
a cada brisa, a cada vento, a cada golpe de ar
incapaz de qualquer reação
minha presença se dissolve gradativamente
criando um novo vazio, onde, antes, havia uma fração de eu

não tenho dúvida de que sou mais interessante
do que o vazio que me sucede
de onde não sai qualquer criação, qualquer pensamento
por outro lado, de alguma forma, esse vazio estéril é mais forte
mais perene e mais concreto do que eu
do que meu ser fluido, que caminha, contrariado, para o abstrato

então me apego aos outros
troco minha amizade e o meu amor por suas lembranças
e a cada beijo bem dado imagino poder ganhar
um segundo, aqui e ali, na memória de alguém
a cada favor feito, a cada generosidade
um afeto que durará alguns meses. anos, talvez

não que meu amor seja tão eficiente quanto a dor e o ódio
afinal, ainda se lembram de átila, de hitler, de napoleão...
não por suas bondades, suponho
que gratidão poderá superar o ódio?
que gratidão poderá superar o medo?
afinal, que gratidão?

ainda assim, prefiro me dissolver pacificamente
tentando não fazer mal a ninguém. tentando ser justo, correto
e sabendo que nada me salvará da morte
a não ser que os deuses decidam por fim existir
(e não seria sem tempo!)
e parar o próprio vento

enfim, espero que você me guarde em teu coração
por mais algum tempo. por tanto tempo quanto te for possível
e, só então, me troque por alguém. mas nunca pelo vazio
que não enxugará tuas lágrimas nas noites tristes
que não aquecerá tuas mãos trêmulas na velhice
e que não te beijará, por fim, ao fim

deus e o vazio

então deus nos deu um adeusinho
caminhou confiante e se lançou ao vazio
mas o vazio se recusou a tragar sua divindade
e deus se viu de pé, novamente
no mesmo ponto onde começara sua jornada

insatisfeito com essa afronta
deus destruiu o vazio
e o cobriu de coisas úteis
como chaveiros promocionais
clipes de papel e maçanetas cromadas

mas ainda restava sua presença
e ele queria dissipar-se, nem que fosse apenas por um instante
entediado que estava com a eternidade que ele mesmo criara
aborrecido que estava com todas as preces que lhe dedicavam
ofendido que estava com as insanidades feitas em seu nome

queria, se não morrer, ao menos, esquecer-se
por isso recriou o vazio e tentou lançar-se nele
e como, mais uma vez, se viu diante de nós
que a tudo testemunhávamos com assombro
irritou-se e se quedou emburrado

e foi assim que deus destruiu o vazio pela segunda vez
e nós ficamos tristes por ele
e o consolamos com palavras carinhosas
e sua ira esmaeceu... e ele recriou o vazio
igualzinho como já havia feito antes

seus olhos transbordavam de fé em si mesmo
a fé mais pura e doce que existe
certo de que, em algum momento de sua eternidade
descobriria como se dissipar
descobriria como voltar a ser pó. e, portanto, homem

o descompasso

navego em meu barco de silêncio
as águas barulhentas e enfeitiçadas
e a vertigem que sinto e enfrento
é saber que, além disso, não há nada

me desloco em descompasso turbulento
com essa vida mentirosa e encenada
passo seco, engomado e aceno
à multidão feliz e encharcada

descompasso...

tudo que me cerca me despertence
tudo o que vejo me desgosta
e o que me toca agride
e o que respiro sufoca

as horas, os risos, as palavras
os carros, as leis, o poente
sexo, grana, tvs desligadas
a nova droga, o vício de sempre

descompasso... descompasso...

busco uma saída do universo
uma porta pela qual se escape
um anverso que justifique o verso
um cristo que tenha a palavra guardada

algo que me alivie dessa solidão
da angústia de viver no lugar e na hora errada
que desfaça, de uma vez por todas, a maldita conexão
e me liberte desta prisão estéril, árida, plastificada

descompasso... descompasso... descompasso...

esperando junot

passei a vida tentando controlar tudo
aguardando pelos momentos perfeitos
esperei, com irritante paciência, a imagem entrar em meu foco
congelei, de pé ao lado do chuveiro, até a água atingir a temperatura ideal
guardei eternamente meu voto para um político honesto
e nem pensei em sair do carro antes que a chuva parasse totalmente

deixei tudo para depois que o sol nascesse
para quando o fim de semana chegasse
tinha de me formar antes e, depois, conseguir um emprego
esperei os juros baixarem, a mulher certa aparecer
o tênis importado (com quatro molas!) chegar às lojas...
e só comecei a malhar depois que comprei umas *bolas*

não me movi até a rota estar traçada
os estudos complementares ficarem prontos
os debates serem concluídos pela comissão
a *nasa* se manifestar oficialmente
meu pai de santo me garantir ser propício
e minha mãe, escondida de meu pai, deixar!

e ainda assim, dei o primeiro passo com desconfiança...
e ainda assim, apesar de todo o meu esforço
consegui apenas um pequeno punhado de momentos irretocáveis
desses que penduramos ao lado dos diplomas
aprendi, dessa forma, que a vida não considera nossos planos
pois, para ela, não passamos de sonho, desejo e comédia

controle

quantos deuses caberiam em tuas mãos, mãe?
e ainda assim não me acreditarias
nos teus olhos as horas passam mortas
e as agulhas estão sempre perdidas em um palheiro
as palavras desbotam antes de serem ouvidas
e os salmos são esquecidos sem um instante de acolhimento

você os esmagaria e teria as mãos sujas de seu sangue divino, mãe!
e mesmo assim você não acreditaria...
por que não soltar essa fúria e perder uma tarde de sol?
apenas passeando no parque, atirando em pombos
apenas fingindo ser suportável o que é inevitável
apenas fugindo daqueles que dizem ter tudo sob controle

como alcançar a paz sem precisar se render, mãe?
você deveria ter aprendido isso. nem que fosse só pra me ensinar!
como posso descobrir tudo sozinho, mãe?
logo eu, que herdei teu desespero e tua fadiga
logo eu, que vejo as horas passarem mortas diante de meus olhos
logo eu, que cuspo palavras que calam antes mesmo de serem ouvidas

um deserto inodoro e incolor invadiu esse mundo, não é mesmo?
esse mundo de deuses patéticos que cabem na palma da mão
e, assim mesmo, você não acredita mãe... por que não acredita mãe?
que estamos apenas passeando e matando pombos
que estamos apenas fingindo ser suportável o que é inevitável
que estamos apenas fugindo daqueles que têm tudo sob controle

malditos sejam esses, mãe!
os que têm tudo sob controle

figos frescos

nenhuma graça me foi concedida
mas eu não andei pelo mar sem uma luz
havia estrelas no céu e algas brilhando nas ondas
e havia tua lembrança

nenhum ouro me foi entregue
mas eu não pereci de fome ou de frio
nas árvores que me abrigavam havia frutos
e de seus galhos se fazia fogo e se aqueciam pedras

porém não me peça que beije a mão do vosso rei
agora que voltei a salvo e purificado
pois de cada veia que se abriu nessa viagem
vazou um pouco da juventude que eu tanto amava

então de que me valem os pedestais cobertos de poeira?
de que me serve a adoração dos onanistas?
tudo o que quero é um pouco de figos frescos
e, para a alma, algumas estrelas que pareçam flutuar num oceano

porque quero paz na minha história

às vezes, morangos mofados

às vezes, me calo. mesmo diante de uma ofensa
baixo a guarda e deixo entrar, livre, o punho do inimigo
às vezes, de propósito, não ouço quando você diz que me ama
e é comum preferir o descaminho ao encontro

nem sempre abro a gaveta certa
nem sempre escolho os melhores morangos
inúmeras vezes girei a chave errada
ou, alta madrugada, bêbado e fedido
nem mesmo achei a maldita fechadura

cansei de perder com cartas marcadas
cansei de enriquecer os outros com meus dados viciados
de raspar o carro em vagas gigantescas
e de surfar mal ondas perfeitas

mas, apesar disso, não sei se tenho grandes arrependimentos
e se os morangos estão mofados
talvez funcione pôr um pouco de creme
e deixar como está, esperando que o tempo
se encarregue de dissipar o amargor

despedaços

pedaços de mim, despedaços de mim
pelos cantos, pelas horas, dias, anos...
pedaços de mim, despedaços de mim
que não me cabem mais, que não me pertencem mais
que se espalham pelo mundo, por toda a terra
somando-lhe massa e gravidade

despedaço-me pelas ruas de são paulo, do rio, de havana
pulverizo-me em lake tahoe, em paris, em buenos aires
átomos esquecidos em todos os que toquei
células capturadas pelas mulheres em que entrei
e abandonadas na mulher de quem saí
átomos aninhados nas mãos de meu pai, que tantas vezes beijei

cílios caídos no panamá, lágrimas derramadas em londres
cabelos varridos do chão quase limpo de uma barbearia em madrid
pontas de unhas cortadas em um hotelzinho de viena
e empurradas, depois, pro ralo da pia do banheiro
nada que me faça falta ou possa ser devolvido
pétalas caídas, sementes inférteis

pedaços de mim, partes desapartadas de mim
meus queridos despedaços, que me sobreviverão
toda minha vida, gastei-me, espalhando-me pelo mundo
fazendo dele meu túmulo involuntário, prévio e poético
deixo uma mancha suspeita em um lençol em new york
e, em tóquio, saliva num canudinho de sunday de framboesa

pegadas, pegadas por toda a parte!
palavras, palavras que ainda devem ecoar
urina e sangue, partículas numa tempestade oceânica
há, com certeza, algo de mim em provence
em ibiza e em santo amaro da purificação!
há algo de mim em você

pedaços, despedaços de mim
em teus olhos, em teu coração
contaminados com meus fragmentos
impregnados, sem remédio, com minha memória
deixo-me ficar em teu corpo e em tua alma
adormecido, por toda a tua vida

latitude

há uma latitude que não se alcança
por mais comovente e fervorosa que sejam nossas orações
uma longitude que é longe, longe demais para nossas súplicas
onde só há solidão vazia de sentido e razão desprovida de nexo
onde só há tédio desesperado, mesmo aos pés do santo mais santo

pois há uma pureza inatingível, sempre que ele está perto
uma provocação impiedosa que nos compele ao vício
quase um desejo de queda, de danação, de inferno
algo que nos poupe da perplexidade estúpida desse novo século
qualquer droga que faça esquecer do quanto deveríamos ser belos

que poeta é esse, que escreve nossas últimas palavras?
olho pela janela e me vejo nas flores penduradas nas sacadas
e temo por elas, já que temo por mim
pois chacoalhamos ao sabor de um vento furioso
sem que nenhum deus se apresente para nos salvar da queda

prometida
iminente
inevitável

as sombras

as sombras, dizem, são seres muito perversos
parasitas, nos perseguem por toda a vida
se alimentando de nossas expressões e gestos
e, porque sua fome é infinita, não paramos de nos mexer
de alimentá-las, até que, exaustos, morremos

as sombras, dizem, nunca se cansam de nos observar
e se nos imitam em cada gesto, mesmo os mais ridículos
como poderiam nos amar?
e se sentem todos os nossos pequenos medos e egoísmos
como poderiam deixar de nos desprezar?

noite. silêncio. luzes apagadas
deito-me em minha cama, a salvo
mas em algum lugar ela me observa
furiosa e faminta

é hora de molhar as palavras

é hora de molhar as palavras
apesar da lei seca dos novos fundamentalistas
é hora de molhar cada som que sai da boca
e escrever somente frases alcoolizadas
das poucas que fazem algum sentido

é hora de criar crônicas de vodkas
poemas de whisky
romances de vinho
ensaios de eruditos licores
ou poemas fantásticos de absinto

minhas letras rock'n'roll
vão ser encharcadas de tequilas ouro
e minhas bossas-novas
com malandras caipirinhas
porque é hora de molhar as palavras!

que ninguém me proíba de esquecer o mundo!
quero minhas sílabas com gosto de havana club
palavras cheias de vogais abertas com gosto de gin bombay
e consoantes macias como um velho porto
pois é hora de esquecer as leis e as secas

e já aviso que não pretendo aposentar o copo
pois só vou parar quando minhas palavras estiverem liquefeitas
e meus escritos flutuando em néctar
pois daqui a pouco vão proibir também os beijos molhados
e ai não teremos mais nada pra fazer nessa terra

ai daquele que inventar de proibir também isso!
usaremos todas as garrafas vazias a nossa volta
para bater-lhe na cabeça, até que recobre o juízo
e deixe de achar que a vida é um jogo combinado
e que alguém pode tirar para sempre o nosso arbítrio!

credos

na areia do deserto

vivem credos e credos

fugindo desses credos

há homens, seus homens

na areia do deserto

há um poço aberto

para quem quiser

e um verme que espreita

a água envenenada

o prisioneiro

eu ergo os dois braços
minhas mãos estão vazias, desarmadas
é um gesto de rendição, então percebo que enfim me rendo
me rendo a uma força contra a qual não posso mais resistir
pensei que sentiria vergonha, mas sinto alívio, quase felicidade
pensei que me importaria com o olhar de desdém dos outros
mas as minhas mãos não foram as únicas a ser erguidas

a minha volta há milhões, bilhões de prisioneiros!
cativos da realidade que não acompanha nossas esperanças
então levanto as mãos e dou meu passo para fora da trincheira
não vejo nenhuma alegria nos olhos de meu captor
mas tampouco vejo indiferença
ele é o que é: o destino
eu sou o que sou: um prisioneiro

vírus

é só um vírus
um desejo de afundar
nesse abismo
dissolver, me dissipar
esquecer que eu existo

te dar minha alma pra amordaçar
torná-la escrava, sem conflito
minha veia pra injetar
toda a tua dor, teu vírus

é só um mito
uma imagem pra adorar
seguindo ritos
nesse sonho milenar
e sem sentido

te dar minha alma pra sacrificar
ao teu diabo ou ao teu filho
minha veia pra injetar
tua salvação, teu vírus

a paz

a paz me traiu novamente
e agora foje para além do horizonte
com todas as minhas possibilidades

nem glória, nem rendição

quão sedutora foi
quão doce, ao me sussurar promessas
quão esperta, ao me afastar do meu momento

nem glória, nem rendição

desarmado e nu diante do holocausto
sem vontade de lutar ou fugir
aguardo pela horda que me supliciará

nem glória, nem rendição

a paz me traiu novamente
mas era inevitável desejá-la
e impossível mantê-la

dois
intempestades e outros

intempestades

tuas pernas me envolvem e me puxam
penetro por entre tua pele, teus músculos, teus ossos
intempestades. raios de eletricidade
sinto que algo revolto acontece dentro de você
tua alma foge sempre que a descubro
esconde-se em nuvens elétricas onde não posso ir

sabe? algo sobre você me apavora
essa aparente desnecessidade de mim
esse esquecer, que me apaga sempre que estou distante
intempestades. eu as vejo chegar em teus *olhos-raio-de-índia*
tua alma se agita sempre que a descubro. se revolta
e um campo de força denso e tenso, me mantém distante

mesmo quando há paz, ao teu lado tudo é eletricidade
e a calmaria tem essa precariedade porosa, ansiosa
que se revela na foma bruta com que nos jogamos um sobre o outro
é assim, quando tuas pernas magnéticas me atraem para o teu dentro
é assim, quando nossas atmosferas se misturam, atritam
queimando nossa pele, avermelhando nosso sexo

intempestades
raios de eletricidade

um dia, cedo ou tarde

um dia, cedo ou tarde
todos acordamos sem rosto
e já não nos reconhecemos diante do espelho
e não mais somos o que sempre fomos

um dia, cedo ou tarde
todos acordamos sem coração
e aceitamos as coisas como elas são
ainda que grotescas e injustas

um dia, cedo ou tarde
todos acordamos sem alma
e percebemos que nossos desejos, agora são só sonhos
e que nossa vontade se transformou em mera esperança

um dia, eu acordei sem rosto
outro dia, sem coração
por fim, acordei sem alma
mas nada doeu mais do que acordar sem você
que iluminava meu rosto
e que era todo o meu coração
e toda a minha alma

gravidade

tua gravidade me faz afundar repetidamente em você
novamente, repetidamente, novamente
sem nenhuma pressa. sem buscar um fim
preguiça. queria ir ao sorveteiro da esquina
mas não consigo sair da cama
calor. queria ir ao sorveteiro, trocar dinheiro por gelo colorido

tua gravidade me faz aproximar, mais e mais, do teu olhar
alguma coisa acontece quando estamos assim colados
algemados à penumbra morna e tranquila do quarto
sinto a pele derreter, liquefazer em suor
tudo parece um sonho, um filme europeu, uma foto *pb*
e quem me garante que ainda estamos nesse mundo?

hoje, os sonhos de ontem são apenas sombras. um peso
essa casca morta, que eu deveria deixar escorregar e cair
como uma crisálida convertendo-se em borboleta
mas a gravidade é um fenômeno complexo
e certas coisas simplesmente não se vão, não nos deixam
esqueço. as lembranças se evaporam na atmosfera do quarto
calor. daria qualquer coisa por um pouco de gelo colorido

tua gravidade me aprisiona, me transfere para você
e eu afundo... novamente, repetidamente, novamente
paro. juro que ia falar alguma coisa importante agora mesmo!
mas esse calor pulveriza as palavras. qualquer pensamento
o mundo se divide entre o que é gasoso e o que ainda é líquido
e eu me sinto derreter, liquefazer, evaporar

novamente, repetidamente, novamente
afundo e torno a afundar em você
sou essa nuvem que avança sobre teus pelos e peitos
agradecido, esqueço de mim e de meus sonhos
chovo em teu oceano cheio de abismos mornos
alcanço a paz, algo que queremos e temos medo de querer
porque, afinal, ela rapidamente nos entedia

gravidade. novamente, repetidamente, novamente
preguiça. será que o sorveteiro atende em domicílio?
calor! parece que vai chover, você não acha?

ácido

você é ácido
nas minhas veias
você é o crime do século

você é procurada
em vinte estados
você não é confiável

você vai me matar
e ainda posar de vítima
você é da pior espécie

teu corpo é o prazer
que vou pagar com a vida
e ainda ficar em débito

você é soda cáustica
que bebo no jardim
você é a vilã
que não morre
não morre no fim

que sempre vence...

cabal

todos os dias
ela acordava do meu lado da cama
prova cabal de que me buscava em seus sonhos

todos os dias
ela roubava alguma coisa de meu prato
prova cabal de que me queria comer pelas bordas

todos os dias
ela se aninhava em mim à noite, para assistir a um filminho
prova cabal de que tentava ler minha mente indefesa, distraida

todos os santos dias
ela me buscava um copo d'água de madrugada
prova cabal de que ela, por fim cansada, me envenenou

prometa

prometa que eu nunca vou te entender
que eu jamais vou saber, realmente, quem você é
ou *adivinhar* apenas com um olhar
prometa, simplesmente prometa
que nunca será tão tedioso assim

prometa que eu nunca ouvirei as tuas verdades
aquelas que você pensou, mas não disse por cortesia ou medo
nem saberei decifrar teus sonhos
ou cantar as canções que você só canta pra você mesma

quero tocar tua alma só de leve
para não contaminá-la com minhas asperezas e malícias
e, teu coração, quero distante do meu
para que não seja poluído com minhas tristezas

prometa então! prometa!
que seremos verso e reverso
que estaremos juntos, mas seremos distintos
pois é nesse milímetro de separação
que estão nossas melhores esperanças de futuro

a menina dentro do cão

então a menina acordou
e, acordando, percebeu que estava dentro de um cão!
olha, nem era um cão bonito
um velho e manhoso vira-latas, isso sim!

mas a menina ficou muito feliz
porque, apesar de suas pernas compridas
sentia-se confortável e segura dentro dele
a salvo de toda aquela confusão de lá fora

seu pequeno mundo era agora a barriga do cão
e passava lá dias muito sossegados
cuidando da vida e de suas pernas compridas
longe de tudo que a incomodava

mas eu, que, havia pouco, começara a gostar da garotinha
fiquei muito triste e solitário
e, sem caber dentro do cão, só me restou adotá-lo
e dar para ele o amor que por ela tinha

devo dizer que ele está cada vez mais manhoso
e gordo

pequeno poema, triste e erótico

ainda não amanheceu, mas eu já acordei
vontade de estar com você
vontade de estar dentro de você
pressionando partes de meu corpo para dentro do teu
sem palavras, perdido nessa armadilha genética de sentidos
sem vergonha, da fúria e da paz que sinto
quando gozo em tua boca!

então esqueço as palavras e me lembro da tua respiração
da tua respiração na hora em que estou sobre você
do ritmo dela, entrecortada. pequenos gemidos
me masturbo. primeiro devagar. depois com força. dor
vontade de estar com você
vontade de estar dentro de você
em perfeita fúria. e paz

ausência

sinto tua falta ao amanhecer
quando os pés estão quentes, mas o coração está frio
e o vento, que passa pela janela entreaberta
ainda não traz o calor do sol
que acaba de nascer

sinto tua falta ao entardecer
quando as roupas estão amarrotadas, mas o corpo está rijo
e o tempo, que se encurta diante de tudo
ainda não permite pausas ou respiros
apenas pequenos devaneios

sinto tua falta ao anoitecer
quando os pés estão frios, mas o coração está quente
e a fome, que não posso saciar
ainda lateja e me enfraquece a alma e a mente
implorando por algo que me faça esquecer

poema sem pele

te queria sem pele
me queria sem pele

te queria sem órgãos
me queria sem órgãos

te queria sem sangue
me queria sem sangue

para que nossos ossos
pudessem se tocar sem intromissões

para que quando fizéssemos amor
fosse ensurdecedor

e, mais que isso, engraçado

poema com gordura

nossos corpos no espeto
girando, girando, girando...
suculentos e respingando gordura!
eu no espeto de cima
você no espeto de baixo
ou ao contrário?

roçando, roçando, roçando...
nossas peles chamuscadas, crocantes
apetitosas, cheirosas
roçando, roçando, roçando...
ooooorgasmo incendiário!
tostamos os dois juntos ao mesmo tempo!

delícia!!!!
mas quem vai querer nos comer depois disso?

carbono

a vida é feita de carbono
feita de baratas e framboesas
lampreias e hortelãs
maçãs e borboletas

carbono que se mistura
como um camelo mastigando uma flor
ou uma formiga, em um momento feliz
deslizando no orvalho retido em um lírio

e fico imaginando do que serão feitos
nossos fracassos e dores
nossos sonhos e nosso amor
serão, no fundo, iguais aos vírus
que habitam nossas lágrimas?

pois a vida pode ser feita de carbono
mas quando aperto as tuas mãos
querendo dizer que estarei sempre ao teu lado
há algo mais. algo que não sei do que é feito
e que, ainda assim, existe e não há de nos faltar

acredite

atrito

atrito

minha mão em teu corpo / atrito
pernas, braços, pelos, ombros / atrito
pés / atrito

atrito

minha língua em tua boca /atrito
curvas, montes, fossos / atrito
ventres / atrito

atrito

atrito

atrito

entre o cinza e o deserto

certos dias você não me sai da cabeça
não é sempre. apenas certos dias
nesses dias o mundo todo se desvela
e como num arco-íris fosco
tudo se resume ao cinza:
sete tons diferentes de puro cinza!

hoje foi assim
e, todavia, sorri minha cota de sorrisos
me diverti o quanto recomendado
bati meu ponto no carrossel de acontecimentos que
juram, podem preencher até a vida mais vazia...
de forma que ninguém se queixará de mim!

mas apesar de toda a vaidade, orgulho e sucesso
não fui feliz nem por um segundo
e apesar de toda a bebida, todo riso e todo sexo
não pude me sentir em paz
e meus olhos não viram nada além de cinza
e, à noite, não sonhei com nada senão desertos

zeppelin

espero que o vento não te leve
para mais longe do que eu possa voar
assim poderei te buscar bem cedo, ao amanhecer
deslizando pelo orvalho suspenso em nuvens mal acordadas

espero que o sol não nasça do lado errado do céu
porque é ele que criará o arco-íris que me guiará até você
aquecendo essas estradas cinzentas e desbotadas do mundo
onde de frio se congela e de falta de luz se entristece

mas o que quero dizer e ainda não disse
é que espero que o mar não se agite por esses dias
pois, se tiver que navegar, não quero molhar minhas lágrimas
e te esconder a tristeza que é esse estar-longe

e rezo para que a tempestade de areia se afaste
e que nenhum míssil se perca nesse deserto. sangrado, febril, bélico
para que nada, enfim, nada, destrua meu imenso zeppelin
onde, sentado, te observo chegar... como uma miragem
trazida pela sede, pela fome e pela loucura

recordar é tramar

prólogo

chove, em nossos céus tão velhos e antigos
chove, sobre nossas pedras milenares
sobre carvalhos eternos, sobre nossas vidas instantâneas
por um momento, olho-te com ternura e penso em ti. morta
e percebo teu olho, puxado a um canto
que me fita com a mesma intenção

i

o papel envelhece. a tinta envelhece
e o amarelo de nossos amados livros
é agora compartilhado pelo amarelado de nossos próprios olhos
suspiro. alguém toca, numa parte perdida da casa
sonatine nuove de emanuel bach
sim... você consegue ouvir o som do clavicórdio de pau?

ii

você suspira. tento me lembrar se ontem ainda nos amávamos
será que essa chuva me varreu da lembrança?
não. incontrolavelmente me esqueço de tudo!
onde estava, com quem, como vestia-me...
mas nunca esqueço do teu rosto quando menina
basta fechar os olhos que ele me vem assombrar. culpar

iii

teus olhos, nariz... teus cabelos. cachos de felicidade pura e dourada
que mil vezes desarrumei com beijos úmidos e suspiros quentes
onde, também, maus presságios depositei
quantos pensamentos se afogaram nesse marzinho loiro?
quantos se enredaram até serem sufocados
esquecidos e, enfim, abandonados?

iv

o que verei em teu último momento?
verei tua alma partindo
fugindo pelas vidraças estilhaçadas de teus olhos?
suplicarás meu perdão divino?
mendigarás um último grama de ar?
não! não afrouxarei minhas mãos do teu pescoço!

epílogo

eu escrevo e recordo
tu costuras e tramas
recordar é tramar

a noite em que invadi marte

eu invadi marte porque você duvidou que eu te desse a lua
e não suportei que você duvidasse tanto assim de mim
se você apostasse que não lhe traria estrelas
colocaria o próprio sol em uma caixa forrada de veludo
e deixaria na porta de teu prédio, de madrugada
sem nenhum bilhete, pra você saber exatamente de quem veio

marte tem duas luas e esta noite tenho os olhos fixos nelas
pois você prometeu vir em uma nave azul e prateada
e como é exibida tenho certeza que passará zunindo por entre elas
então deixei acesas as luzes de todas as torres do nosso castelo
para você saber que estou esperando pra ver teu pequeno show

mas esta noite, assim que você chegar
conquistaremos o que resta deste planeta vermelho
e o cobriremos com bolhas coloridas de sabão em pó
dessas que explodem depois de breves segundos suspensas no ar

estou muito feliz, pois sei que você virá
e passará prateada por entre deimos e phobos
toda exibida, com tua nave feita de bolhas perfeitas
que se desfarão delicadamente ao tocar meu rosto
fazendo-a pousar suavemente em minha boca
em minha língua, entre meus dentes

calmaria

agora que as ondas estão furiosas
e já não obedecem a nenhum deus marítimo

agora que os ventos enlouqueceram
e se alternam entre a calmaria absoluta e o ódio infinito

agora que lavas sobem à superfície
sem nem ao menos um vulcão para expeli-las

agora que a terra se afasta de sua órbita
e não nos resta mais do que flutuar no espaço

deixe-me acreditar que o calor da tua mão irá me proteger
deixe-me ficar assim... quieto, ao teu lado

brincando com teus dedos miúdos

a mulher líquida

hoje bebi você como vodka
estava a fim de aprontar
e adorei a suavidade com que sorvi
cada átomo de tua pele macia
mas nem sempre é assim, você sabe
tenho dias de impaciência
dias em que tenho pressa de me embriagar
dias em que prefiro ter você toda feita de tequila
então enlouqueço em rápidos goles

agora você sussurra que está cansada
lânguida se espreguiça na rede colorida
o sol projeta folhas no teu corpo
enquanto o vento brinca de derrubar cajus maduros
na grama úmida de nosso jardim
me aproximo com vontade de te beijar
e descobrir teu gosto nessa hora morta
será de vinho ou será de aguardente?
não importa. tenho cada vez mais sede

corporal

não há nada em teu corpo que não seja adorável, devorável
nada que eu não possa fritar, cozer, salgar
não há nada em teu corpo que não seja útil, utilizável
nada que eu não possa dobrar, torcer, esticar
e teus olhos não brilham senão luz, iluminação
então eu observo e conservo. como um gato
teso, antes de pular em seu pires de leite
enriquecido com pequenas e suculentas moscas

pé na areia

uma névoa fina flutua sobre as ondas
que se desenrolam na areia, que se dissolvem
em fios de sal e de espuma aos teus pés

não me lembro se comemos tomates ontem
por acaso você guardou aquela receita?
cada vez mais me esqueço dessas coisas

tiro o cão sonolento das minhas pernas
e me levanto da espreguiçadeira
caminho até você

se fumasse, acenderia um cigarro enquanto ando
mas a bebida é o meu único vício público
e, para isso, ainda é cedo

bom, talvez você se lembre
de algum outro vício meu
um que eu possa usar a essa hora do dia

teus pés estão tão molhados e frios!
muito gelados para que eu possa beijá-los
eles tremem... você treme inteira em meus braços

vento sul... melhor irmos pra casa almoçar
pegamos as coisas
deixo a espreguiçadeira para mais tarde

te ponho em meu colo
no meio do caminho paro
você está mais pesada?

as ondas continuam e continuam às nossas costas
rimos da minha falta de força
o certo é que foi você quem engordou

então ganho o primeiro beijo do dia
você sabe que espero muito mais
continuamos...

nem o sol quente do veranico subverte esse inverno
abro a porta. a cama ainda está desarrumada
desabamos nela

teus pés estão tão molhados
tão cheios de areia que grudam nos lençóis
o vento brinca com nossas cortinas azuis

sujo os meus pés nos teus
as ondas continuam e continuam...
podemos ouvi-las respirando

nosso cão vem nos espiar
tudo parece perfeito
tudo é perfeito

preguiça

gosto de sussurrar
o mundo já grita a nossa volta
desde as primeiras espreguiçadas da manhã
a terra se move ruidosamente

então sussurro
algo silencioso como raios de sol
aquecendo o teu ouvido que acorda
tão nu quanto o teu resto, delicioso

nossa preguiça nos acomoda
e eu sussurro uma pequena canção de desninar
que inventei anos atrás

bom dia, bom dia
o sol já levantou
vamos acordar
pra poder brincar

sussurro
você implora por mais minutos
sempre invejei o sono das mulheres
quase te deixo ficar

mas você está nua e apetitosa

doce de menta

doce de menta
solidão
olhar pela janela
gatos dormindo no chão
tv ligada na sala
som ligado no quarto
luzes acesas
chá esfriando no bule
biscoitos apenas mordidos
tapetes amassados, mas limpos

doce de menta
solidão
roupas dobradas na cadeira
restos de queijo e pão
livro aberto e esquecido
aquecedor
taças sujas de vinho
celular desligado
caixa de e-mail
spans

três
mulheres que não amam sapatos e outros

mulheres que não amam sapatos

eu é que não confio em mulheres que não amam sapatos
ou em cachorrinhos que não roem pés de mesa
tenho medo de políticos honestos
e militares que hesitam em matar civis

eu abomino putas que gozam
traficantes viciados e maquiadores héteros
fujo como um louco de poetas ricos
mas tenho muito, muito mais medo de fiscais pobres

como entender médicos que não se sentem deuses
ou garotos de vinte anos que se prendem à monogamia?
eu é que não me aproximo de celebridades
que não juram usar xampus baratos

se o juiz se diz imparcial, eu protesto!
se a namorada diz que não quer casar, eu rio!
se minha mãe não tem uma opinião, me preocupo!
se meu pai para de ver o jogo e diz que quer conversar, estremeço!

o que dizer de papas que acreditam em deus
ou de crianças que não acreditam nele?
como decifrar o vigia que não dorme no trabalho
e o halterofilista que não toma *bola*?

esquece, nada disso eu sei
mas... de mulheres que não amam sapatos?
aaah... corra! corra dessas!

o problema com as coisas

o problema com o excesso é que ele nunca é o suficiente
o problema com a paixão é que ela acaba
o problema com os carros é que eles quebram
o problema com a beleza é que ela cansa
o problema com a amargura é que ela nos seca
o problema com o ódio é que ele obscurece
o problema com os chatos é que eles não desaparecem
o problema com a incompetência é o que se perde
o problema com o perdão é que nem sempre ele é merecido
o problema com a vingança é que é difícil esconder o corpo
o problema com as crianças é que elas gritam
o problema com as leis é o que elas escondem
o problema com o dinheiro é que ele está na mão dos outros
o problema com as drogas é que, as boas, são caras

o problema com o sexo é que ele nunca é o suficiente
o problema com o tempo é que ele acaba
o problema com os notebooks é que eles quebram
o problema com a miséria é que ela cansa
o problema com a futilidade é que ela nos seca
o problema com a religião é que ela obscurece
o problema com as dívidas é que elas não desaparecem
o problema com o orgulho é o que se perde
o problema com a riqueza é que nem sempre ela é merecida
o problema com o passado é que é difícil esconder o corpo
o problema com os adolescentes é que eles gritam
o problema com os bancos é o que eles escondem
o problema com o poder é que ele está na mão dos outros
o problema com as mulheres é que, as boas, são caras

sobre velas, algas e vagalumes

à minha volta centenas de vagalumes
como velas iluminando uma trilha
por favor, não pense que tudo está perdido
coisas muito pequenas podem iluminar teu caminho
mesmo que você esteja respirando escuridão

a cada passo essas pequenas luzes se afastam e depois voltam
ondas cheias de algas fosforescentes
se você pulasse nua, elas envolveriam teu corpo como uma iluminura
creia, não há deserto onde não possamos plantar uma flor
e ter a esperança de uma suave e fresca primavera

a verdade é que coisas muito pequenas podem iluminar tua vida
como as velas, as algas e os vagalumes
então não pense que você está perdida
não há lugar onde não se possa simplesmente recomeçar
mesmo que se tenha apenas uma flor para isso

a cada passo teu eu me afasto e depois volto
iluminado por uma paz cheia de algas fosforescentes
ainda que hoje você não consiga ver outra coisa
por favor, não pense só em desertos
nem que, à falta de luz, reste apenas solidão

afinal, a primavera sempre começa com pequenas flores
e pequenas luzes sempre estarão brilhando
mesmo antes do amanhecer

o homem que ouvia sereias

não tenho nada a acrescentar
reafirmo, apenas, que todos nós paramos imediatamente
tão logo percebemos que o homem da gravata torta
estava ouvindo sereias. sim... sereias
não, não sei como descobrimos...
mas havia algo... algo de incomum no seu rosto
uma espécie de dor, quase uma felicidade
na verdade, duvido que alguém possa dizer mais do que isso!

sim... sou uma das testemunhas. sim
eu vi! eu vi, quando o homem ficou ali... de pé
balançando sua magreza ao som de algo que não podíamos ouvir
só ele, aquele desgraçado filho da puta!
nos aproximamos e encostamos
um por um, nossos ouvidos em seus ouvidos
até nos organizamos em duas filas civilizadas
civilizados que somos!

miserável... o miserável não quis dividir nada conosco!
e apossado daquele som mágico
recusou-nos qualquer migalha
não nos deu nenhum compasso! nem uma única nota!
e nós? que só queríamos algo para seguir
algo que nos guiasse pelas cidades secas até o mar
e nós? que só queriamos nos afogar, felizes
ouvindo canções que ninguém mais saberia ouvir

mares de saturno

a chuva traz o cheiro das folhas
libertando-se do calor e da poeira
o barulho da terra sendo nutrida
dos animais se aconchegando
encolhidos na escuridão alienante de seus abrigos
ouvindo, sonolentos, o gotejar contínuo e hipnótico

quando ando pela areia da praia em dias de chuva
gosto de olhar o mar e sentir que algo enfim se une, se encontra
mar e chuva, cinza sobre cinza: as verdadeiras cores de nosso mundo
muito mais que azuis, verdes e vermelhos brilhantes
há o preto, o marrom, o cinza. cinza sobre cinza
pois o universo, afinal, é mais subsolo do que solo e ar
mais escuridão do que luz e atmosfera

pena que não chova nesse espaço aberto entre os planetas
pena que não chova entre as nuvens forradas de estrelas
que os meteoritos não se inundem ocasionalmente
e não passem, úmidos, sobre nossas torres espelhadas
pena que não possamos pular poças d'água na lua
e que não se pesque nos mares negros e venenosos de saturno

a verdade é que não há outra terra senão a terra
não há outra chuva senão esta que nos molha a cabeça
(desprotegida de tudo o que há sob e sobre nós)
é triste, mas quando não mais existirmos a chuva deixará de existir
e isso porque ninguém fará mais poesias sobre ela
e nem a compreenderá como algo além do que gotas caindo do céu

o devorador de borboletas

eu ontem passei o dia devorando borboletas
bichinhos de todas as cores, formas e tamanhos
as pequenas engolia por inteiro, sem nem encostá-las nos dentes
as grandes ia pelas patas e depois mastigava o corpo
(adoro aquele *crock, crock, crock,* sabe?)
por fim chupava suas asas multicores, para ver se me coloriam a língua

quando, noite alta, fui pro quarto dormir
ainda podia senti-las, voando dentro de mim
piruetando pelo estômago, pelos rins...
algumas, mais espevitadas, zanzando em minha cabeça!
mas, confesso, que não consegui pegar no sono
não por causa delas, apesar das cócegas que me faziam

é que logo que deitei ao teu lado
percebi que você passara o dia devorando aranhas
e agora me olhava de um jeito intenso e faminto
enquanto me envolvia com pernas
longas... finas... como teias
sem possibilidade de fuga

o crocodilo azul

depois de certo tempo, o crocodilo azul fechou os olhos
e suspirou silenciosamente
aves framboesa sobrevoavam sua cabeça
e o som melancólico de seus chamados
entristecia a besta azulada
o sol estava especialmente luminoso e quente
se crocodilos azuis suassem, ele estaria encharcado
mas havia apenas o calor, amenizado pelo frescor do lago âmbar
raios e trovões agitavam a atmosfera
e encobriam o som dos passos dos caçadores

caracóis apessegados alimentavam-se em sua pele grossa
devorando suculentos musgos vermelhos
ventava. e o vento, passando pelas folhas negras das acácias
produzia uma música estranha, um mantra
a paz repousava nessa atmosfera mágica e misteriosa
uma chuva fina e lilás começou a cair
as gotas explodiam em sua carapaça azul
porém o crocodilo permanecia imóvel. uma pedra
passos inaudíveis o circundavam, sem despertar sua atenção
mas o cheiro úmido e nauseante dos caçadores já lhe era perceptível

estava quente e o crocodilo resolveu que não se mexeria
simplesmente se recusava a gastar energia com o povo da cidade prateada
não eram saborosos, esses seres amarelados e fedidos
além do mais, gritavam muito quando mordidos!
o réptil, mais do que tudo na vida, odiava barulhos estridentes
não, não se mexeria...
satisfeito com sua decisão abriu a boca para se refrescar
aves framboesa, que comiam carrapatos laranja em sua língua cor de figo
agitaram-se ao perceber a aproximação dos caçadores
nem seu trinar nervoso irritou o réptil, que permaneceu imóvel

uma fêmea aproximou-se, deixando-se ficar encostada nele
a sensação era boa e ele resolveu que não a morderia
satisfeito! estava especialmente bem disposto nesse dia
o calor e a última refeição, ainda meio viva dentro de seu estômago
davam-lhe uma sensação de segurança e tranquilidade
foi quando o lago âmbar estremeceu...
flechas douradas caíam por toda a parte
zumbindo como as terríveis abelhas brancas que viviam nas margens
a meiga fêmea rapidamente desapareceu
e as aves framboesa logo debandaram, abandonando sua faxina

até a chuva lilás cessou, dissolvendo-se em uma névoa rosa
nessa hora, o crocodilo azul já não sabia se ainda estava vivo
mesmo assim, não fez nenhum movimento. uma pedra!
fosse como fosse, havia decidido que não se mexeria
e estava muito, muito satisfeito com sua decisão
muito... muito satisfeito!

escalpo

gosto de tirar a minha pele ao fim do dia
ao fim de um longo e duro dia
desses, em que você pode se gabar de ter ganho o pão
com o suor do seu rosto, tal qual nossos avós faziam

gosto de chegar em casa e tirar minha pele
sentir a brisa da noite percorrendo, refrescante
meus órgãos, meus ossos, meus músculos...
deixo-me ficar na varanda assim, bebendo run com gelo

havana inteira à minha volta, piscando... tremulando...
e eu lá, sem pele e sem sapato!
e de pau duro, excitado pelo mistério dessas almas e corpos
que habitam ao redor desses pequenos pontos de luz. sóis respirantes

de vez em quando, deixo a pele arejar
pendurada em uma pequena cadeira na varanda, ao lado do fícus
é bom para tirar aquele odor de suor meu e cigarro dos outros
é bom para limpar os póros também

mas ontem, a noite estava especialmente bonita!
tão bonita que foi impossível ficar em casa, ainda que na varanda
liguei para maria. combinamos sair, ir tomar um sorvete na *coppélia*
céus! e, na pressa em vê-la, não é que esqueci a pele na cadeira!

o tempo mudou... choveu e ventou muito!
a pele voou para longe e, agora, duvido que possa achá-la
não tenho, porém, com que me preocupar. isso é certo
afinal, maria me prefere assim: sem pele e de pau duro

ferdinando e o hospedeiro

vivo como os tubarões, em perpétuo moto perpétuo
sempre em movimento. sempre arranjando coisa pra fazer
afinal, essa é a única forma de mantê-lo quieto e controlado
ele... o demônio que mora em meu coração

um segundo parado, uma única hesitação momentânea
e ele desperta e me fere com alguma maldade dolorosa
em geral um arrependimento, uma saudade, um princípio traído
e não é que a maldita besta sabe bem onde ferir?!

mas... surpresa! de hospedeiro irresignado
acabei por me acostumar com a fera
na verdade, na falta de plano melhor, adotei-a!
chamo-a... ferdinando

ferdinando, a besta, até que é um sujeito legal!
mas, veja bem, não costuma misturar amizade com negócios
tenho então de aceitar o fato de que, como demônio
é de seu ofício me atormentar. ao menos durante o expediente

porém, pessoa infame que sou, aproveito-me
da juventude e inexperiência da besta para atordoá-lo
para cansá-lo com meu constante deslocamento. o tal moto perpétuo
ferdinando há de me perdoar, por certo, um dia...

um dia. quando ambos, já aposentados
estivermos a bebericar caipirinhas. eu de lima, ele de frutas vermelhas
refestelados nas areias finas e quentes de camburi
onde, nostálgicos, lembraremos da boa vida que compartilhamos

pássaros dodecafônicos

quando fui dormir, ontem à noite, pensei que sonharia com você
mas sonhei com pássaros feitos de goma e de papel branco
criaturas mágicas, que espalhavam seu canto dodecafônico
enquanto velejavam correntes de ar quente
na caleidoscópica teia de janelas da cidade

eu era uma criança e olhava fixamente para o céu
o sol se batia voraz contra meus olhos
e a contraluz tornava os pássaros figuras fantásticas!
luminosidades projetadas como num filme sem imagens
... eu as sinto ainda hoje. ainda agora
como poderia ser diferente?

aos poucos, os pássaros foram se distanciando...
desaparecendo, no dobrar de gigantescas colunas de granito
alvejadas pelo vento, pelo tempo e pelo sol
suas asas evaporando como fumaça de cigarro
em suaves e infinitos rodopios

ao acordar, ansioso, corri para a varanda
e lá estava! a teia caleidoscópica de janelas!
quanto aos pássaros, esses eram de todas as formas e cores
menos como os meus, feitos de goma e de papel branco!
e seu canto era também diferente: monofônico e sem vida
me fizeram desejar estar dormindo

banho de sangue

hoje quero me banhar em teu sangue!
não quero mais, nem quero menos
não quero tripas, não quero ossos
quero apenas um balde cheio de teu sangue

não me engane pondo um naco de língua
uma orelha, um canto de olho...
esqueça os tocos de unha e os chumaços de cabelo
é o que eu te digo: sangue, só sangue

sem impurezas nem contrapesos
sem contrabandos ou descaminhos
sem corantes nem conservantes
sem aditivos ou vitaminas

nada do que não seja vermelho, fluido e quente
do que não seja íntimo, teu, vital
nada do que não seja encantamento, tormento, realeza
ou que corra o risco de transbordar...
afinal, o tapete é novo e a mobília alugada

hoje quero me banhar em teu sangue
e quero ele já pronto: esguichado direto de tuas veias pro balde
entende? a faca pesa e minha mão é fina e delicada
certamente não foi feita para criar calos

será pedir muito?
sangue, só sangue

eu e meus sonhos

ontem sonhei que era um deus
um deus que só falava através das sombras
e que sofria, tentando se fazer entender pelos homens

a minha volta havia outros deuses
deuses que falavam pela luz, pela claridade, pela revelação
mas o meu verbo era outro

ontem sonhei que era uma planta
uma planta que comia esperanças
e que ficava dias e dias digerindo cada refeição

a minha volta havia outras plantas
plantas que viviam da terra, do sol e da chuva
mas a minha fome era outra

ontem sonhei que era um avião
um avião que gostava do mar
e que mergulhava atrás de conchas e sereias

a minha volta havia outros aviões
desses que cortam os céus e têm bicos brilhantes
mas meu firmamento era outro

ontem sonhei que era um condenado
um condenado tranquilo e pacificado
e que sorria, apesar de estar diante da forca

a minha volta havia outros condenados
desses que imploram e berram de terror
mas o meu medo era outro

ontem sonhei que era um poema
um desses poemas bobos e ingênuos
e que rimava, sem medo, amor com dor

à minha volta havia outros poemas
desses modernos: com proposta, estilo, subtexto
mas eu era o único, o único que falava de você

passional

mariana roubou o coração de carla e bruna
assim mesmo: os dois ao mesmo tempo
só se arrependeu porque não tinha onde guardá-los
a sorte é que eram corações leves, novinhos e bem frescos
não pesavam com mágoas passadas ou culpas mal disfarçadas
então ela os trazia sempre consigo
e ai de quem dissesse algo!
nunca escondeu de ninguém seu roubo
e, por um bom tempo, nem as duas reclamaram de volta o que era seu
deixaram lá com ela, seus dois coraçõezinhos
e ela até os guardava com carinho
alimentava-os de esperanças
mimava-os com presentes e atenções
eram, enfim, coraçõezinhos bastante felizes!
mas, um dia, a bruna cismou de ter seu coração de volta
e, de quebra, roubou o de carla; para tristeza da mari
que até hoje ainda morre de saudades e ciúmes de seus coraçõezinhos...
principalmente quando imagina as duas amigas juntinhas
na cova que mariana fez pra elas, lá nos fundos do quintal da casa da vó

a paz submersa

a luz do sol não chega diretamente
primeiro atravessa a água translúcida do lago
depois passa pelos vitrais multicoloridos
que adornam a catedral de vidro
só então, apenas então, nunca antes de então
os raios, já não tão quentes, lhe chegam ao rosto
ao corpo, quase nu, enfeitado com algas e espuma prateada

ao anoitecer, a luz da lua faz o mesmo caminho
cintila, imitando pequenas fogueiras, nas ondas já frias do lago
e aí afunda e afunda, suave e sonolentamente
até encontrar o calor de teu corpo caiado
tua respiração tranquila e perfumada
e então te envolve, até se apoderar de teus sonhos
ou ser por eles, por sua vez, iluminada

kung fu ballantines

então eu me tornei esse homem
bebendo no escuro, sozinho, ouvindo rock'n'roll
mas eu tenho um amor no coração
e uma fender vermelha na mão
por isso eu simplesmente não durmo
pois tudo está ao meu alcance
rock'n'roll ballantines, babe!
rock'n'roll ballantines!

então eu me tornei esse homem
que bebe sozinho antes de cada batalha
mas eu tenho você no coração
e um notebook na mão
por isso eu simplesmente não durmo
pois tudo está ao meu alcance
kung fu ballantines, babe!
kung fu ballantines!

você não sabe, mas eu vivo para honrar a criança que fui
aquela, que sonhou viver como um rockstar
que queria ser astronauta, só pra casar com uma princesa de marte
e, ainda, escalar montanhas mais altas que o everest
por isso eu simplesmente não durmo
pois tudo está ao meu alcance
rock'n'roll ballantines, babe!
kung fu ballantimes!

inventário

inventário

pilar está viva
mora em algum lugar da espanha, para onde imigrou com o marido
ela era solista e ele primeiro bailarino do ballet nacional de cuba
alena morreu em 1999, em havana. câncer. tinha marido e filha
na última vez que nos falamos, por e-mail, me convidou para à sua casa
e disse que queria me levar para passear de carro
o carro que, finalmente, conseguira comprar

gaspari está vivo
mora em são paulo e toca comigo em uma banda de rock: o merlim
acabou de saber que vai ser pai, mas ainda não sabe se vai casar
robert morreu em 1996, em são paulo. leucemia
na última vez que nos falamos ele se dizia um samurai
e que iria vencer a doença. não venceu
não venceu mas morreu lutando. um samurai

stavros está vivo
vive em são paulo com sua nova mulher
enriqueceu, empobreceu, enriqueceu de novo... várias vezes
aranha morreu em 2001, em são paulo. acidente de trânsito
na última vez que nos falamos, combinamos de fazer uma festa black
ele era um dj especializado em música negra
e tinha o corpo todo tatuado, como o personagem de bradbury

herbert está vivo
vive com uma de suas mulheres e alguns de seus muitos filhos
é diretor artístico de uma casa de espetáculos em são paulo
denise morreu em 1989, no interior de minas gerais. acidente de trânsito
o marido, português, estava com ela. ele morreu também
era bailarina. na última vez em que a vi, ela rodopiou até mim
em suas sapatilhas de ponta e me deu um beijo travesso

heitor está vivo
mora em um prédio vizinho ao de sua ex-mulher, em são paulo
da janela do apartamento vigia os filhos. é jornalista, professor e poeta
felismina morreu em 2006, no rio de janeiro, em um misterioso incêndio
na última vez em que conversamos, prometeu que iria me visitar logo
era minha tia e madrinha de minha irmã
mas, para mim, era minha dinda também

leandro está vivo
mora com a mulher e dois filhos em brasília
trabalha como professor e não joga mais botão
renata morreu em 1997, numa fazenda na bahia. nunca soube a causa
na última vez que a vi estava ridiculamente linda!
mas ela era sempre assim: muito ridícula... e muito linda
ali, eu a beijei pela primeira vez. nunca mais a vi e nem beijei depois

kátia está viva
mora com o marido na itália
contou que ele é rico, e que tem uma grife de casacos de pele
klaus morreu em 2002, no rio de janeiro. enforcou-se em seu quarto
na última vez que nos falamos, me disse mesmo que queria morrer
algo a ver com o declínio da velhice e o fim de suas aventuras pelo mundo
estávamos caminhando, numa tarde fria, pelas areias da praia de ipanema

fernando está vivo
mora sozinho, em uma casa enorme, em um bairro nobre de são paulo
está pensando em se casar com uma russa, que conheceu pela internet
calil morreu em 2007, em bariri. morreu de velhice
morreu na casa de seus pais, onde viveu toda a sua vida
tinha olhos cor violeta. os mais lindos que já vi!
em nossa última conversa, me pediu um copo de coca-cola

sumail, meu pai, está vivo
mora em são paulo com minha mãe, lourdes, e caroline, minha irmã
sonha conhecer o líbano e a síria, terras de seus pais
josé maria, meu avô, morreu em 2000, no rio de janeiro. velhice
foi ele quem me deu as primeiras lições de música
na última vez que nos falamos lamentou por ter, distraído
quebrado o seu violão. me lembro dele tocando um espanholado pra mim

marilda está viva
mora em niterói com sua cachorrinha
tem uma confecção de roupas de teatro e ballet que vai muito bem
carlos morreu em 2007, em campinas. infarto fulminante
na última vez que o vi tomamos um cafezinho numa padaria perto de casa
e ele me contou que havia levado uma menina do café photo
para viajar pela europa

rogério está vivo
mora em são paulo com sua mulher e o cão chulé
é fotógrafo, mas começou a investir no mercado imobiliário
théo morreu em 2008, em são paulo. problemas no coração
na última vez em que o vi, deitou-se aos meus pés
e me deu a cabeça pra coçar
era um ótimo cão!

luciana está viva
mora em são paulo com o filho, gabriel, e o marido
é atriz, mas desistiu, por ora, dos palcos
cibele morreu em 2011, em são paulo. suicidou-se
era uma mulher sensual, perigosa e intensa
a última vez em que a vi foi em um show meu
ao fim, ela ficou a minha espera, para me dar um beijo de parabéns

talvez eu esteja vivo
você, com certeza, está

agradecimentos

a arte da automutilação, como livro publicado, até seria possível, mas não seria a mesma coisa sem a cumplicidade, o trabalho, a paciência e o incentivo de algumas pessoas que, agora, tomo a liberdade de citar e agradecer. agradeço, primeiro, ao meu amigo e companheiro de tramas, o fotógrafo *rogério de lucca*. é dele a foto da capa, a direção de arte e a diagramação do livro. também agradeço ao artista plástico *thiago cóstackz*, que fez a *body art* com a qual estampo a capa. foram horas constrangedoras... eu nu e ensopado em tinta vermelha, escorregando em litros de groselha derramados ao meu redor, lutando para não me esborrachar no chão e estragar o trabalho detalhista do thiago. de qualquer modo é uma história que irá divertir ainda por uns bons anos todos os meus amigos. deixo registrado, também, que sou muito grato ao *weslei marinho*, que fez o tratamento dessa imagem, dando-lhe o acabamento que todos queríamos. do mesmo modo, tenho muito a agradecer ao jornalista e poeta *heitor ferraz mello*, que me recomendou à *ateliê editorial*, a qual, aproveito para agradecer na pessoa de seu editor, *plinio martins*. o plinio me recebeu várias vezes em seu escritório para falar desse meu livro, e eu, ingrato, roubei-lhe um bom punhado de tempo com conversa fiada sobre literatura, música e cotidianidades. e tem, ainda, a *laura wie*, que sempre se interessa pelo que estou aprontando: seja um show, uma tese filosófica, um roteiro ou um livro de poemas. ela, de fato, não se cansa de mim; o que é recíproco. por fim, acho bom não me esquecer de agradecer a *ale vilhena*... senão ela sofre.

felipe lion

www.felipelion.com

título .... a arte da automutilação

autor .... felipe lion

editor .... plinio martins filho

fotos .... rogério de lucca

imagem da capa .... felipe lion, com body art de thiago cóstackz

projeto gráfico e capa .... rogério de lucca

produção editorial .... aline sato

formato .... 16 x 23 cm

tipologia .... chaparral pro

papel .... pólen bold 90gr

número de páginas 104

impressão e acabamento .... gráfica vida e consciência